nickelodeon

Nella

UNA PRINCESA VALIENTE

El dragón de lunares rosas

Papel certificado por el Forest Stewardship Council®

FSC www.fsc.org
MIXTO
Papel procedente de fuentes responsables
FSC® C117695

Título original: *The Great Egg Race!*
Primera edición: junio de 2018

Publicado por Penguin Random House Grupo Editorial, S. A. U.
Travessera de Gràcia, 47-49. 08021 Barcelona

Realización editorial: MYR Servicios Editoriales S. L.
Adaptación de Daniel Cortés

ISBN: 978-84-488-5026-5
Depósito legal: B-6568-2018
Impreso en Soler (España)
BE50265

Nella es una princesa valiente a la que le encanta vivir **aventuras** una y otra vez. En su traje de princesa o en su brillante **armadura,** siempre intenta hacer el bien. Ante cualquier reto, nunca se cansa de buscar la solución y, para ello, cuenta con grandes amigos. ¿Quieres conocerla mejor? ¡Bienvenida al reino de **Castlehaven!**

NELLA

En el reino de Castlehaven
vive una princesa nada corriente.
Se llama Nella y es entusiasta,
decidida y muy valiente. Le
apasiona participar en torneos,
pero también le encanta llevar
elegantes vestidos. En compañía
de Trinket, una presumida
unicornio, y sir Garrett, un leal
caballero, Nella vive emocionantes
aventuras. Para ella, no hay reto
imposible si puede trabajar en
equipo con sus amigos.

El poder del corazón

Nella se convierte en una valiente heroína gracias al poder de su collar.

TRINKET

Elegante y refinada, Trinket es la mejor amiga de Nella. Admira el coraje de la princesa y siempre está dispuesta a ayudarla ante cualquier desafío. Aunque, en realidad, a esta presumida unicornio una de las cosas que más le gusta es cuidar su preciosa crin de color rosa y pulir sus cascos con una buena manicura. ¡Trinket es la habitante de cuatro patas más glamurosa de Castlehaven!

Las mejores amigas del reino

Nella y Trinket están radiantes en los bailes de gala y se atreven con cualquier reto.

SIR GARRETT

Este galante y joven **caballero** es el mejor amigo de Nella. Hijo del herrero del reino, sir Garrett y la princesa han compartido montones de aventuras desde que eran niños. **¡No hay hazaña que se les resista!** Leal y amable, a veces Garrett puede parecer un poco miedica en comparación con la valiente Nella, pero siempre acaba por ayudar a su amiga. ¡Y, además, cuenta con la ayuda de su fiel corcel **Clod!**

SIR BLAINE

A este **arrogante caballero** le gusta ser el centro de atención y hace todo lo posible por destacar. **Nella y Garrett** se esfuerzan en demostrarle que lo importante y más divertido es trabajar en equipo, pero él no siempre les hace caso y se empeña en querer ser el primero en todo. ¿Cuándo acabará aprendiendo la lección? Seguro que **Blaine** se dará cuenta de que, si quiere ser tan valiente como la princesa, necesita la ayuda de sus amigos.

Una radiante mañana, Nella, sir Garrett y sir Blaine jugaban a «sigue al caballero». Sir Blaine no hacía más que fanfarronear.

—Cuando se trata de realizar hazañas de caballero —decía—, ¡soy el mejor!

De repente, ¡pasó volando un dragón! Mamá Reina y Papá Rey, los padres de Nella, salieron corriendo del castillo.

—¡Nunca en mi vida había visto un dragón como ese! —exclamó Nella.

—¡Eso es porque es un dragón de montaña de lunares rosas! —dijo Papá Rey.

Sir Garrett leyó información sobre el dragón en uno de sus cromos de caballero.

—Nadie ha visto jamás eclosionar sus huevos —dijo.

Mamá Reina les contó que el primer caballero que lo hiciera sería premiado con una medalla de dragón.

—¡Yo seré ese caballero! —exclamó sir Blaine, y se fue corriendo en busca de un huevo de dragón de montaña de lunares rosas.

Los demás también querían ver abrirse el huevo. La tiara de Nella empezó a brillar, y se transformó en una princesa valiente. ¡Ahora ya estaba lista para cualquier aventura!

Nella y sir Garrett partieron hacia la montaña de lunares rosas para encontrar el nido de dragón.

Cuando llegaron a la montaña, Nella y sir Garrett encontraron a sir Blaine al borde de una enorme grieta.

Sir Blaine se sujetó a una liana. Columpiándose por encima de la grieta, llegó al otro lado sano y salvo.

—¡Toma! —exclamó entre risas—. ¡Soy el mejor!

—Ahora sí que va a ser imposible alcanzar a sir Blaine —dijo sir Garrett.

—¡No para una princesa valiente! —replicó Nella.

Dicho esto, transformó su espada en un arco y disparó hacia un árbol dos flechas con cintas. Los dos amigos agarraron las cintas y se columpiaron al otro lado de la grieta.

Nella y sir Garrett llegaron a la cumbre de la montaña. Allí encontraron un nido de dragón que contenía un enorme huevo de lunares rosas. Sir Blaine ya estaba allí.

—¡He llegado primero! —gritó—. ¡Tres hurras por sir Blaine!

Pero, mientras lo celebraba con un bailecito, ¡hizo caer el huevo del nido sin querer!

—¡Parad el huevo! —gritó Nella.

Los tres se subieron de un salto al escudo de la princesa y se deslizaron a toda velocidad por la ladera nevada. Pero el huevo rodaba más rápido aún... ¡hacia el borde de un precipicio!

¡Chaaaaf! El huevo cayó a un río
y se alejó flotando.

—¡Deberíamos coger ese huevo antes
de que choque contra las rocas! —dijo Nella.

Pero sir Blaine quería salvar el huevo él solito
para poder ver salir el dragón y ganar la medalla.
Echó a correr delante de los demás.

Nella se dio cuenta de que la única forma de hacer que sir Blaine trabajara en equipo era convertir el rescate en una competición.

—¡El último en llegar a las rocas es una babosa de pantano! —gritó.

—¡No seré yo! —contestó sir Blaine, echándoles una carrera a ella y a sir Garrett hasta la rocosa orilla.

Cuando llegaron a las rocas, Nella dijo a sir Blaine:

—¿A que no puedes saltar al otro lado?

Él demostró que sí podía, y entonces ella le lanzó un extremo de una cinta y le retó a un juego de tirar de la cuerda. Y mientras cada uno tiraba de su lado... ¡la cinta impidió que el huevo chocara contra las rocas!

—¡Hemos salvado el huevo! —se jactó sir Blaine. Y entonces se dio cuenta de lo que acababa de decir.

—¡Eso es! —dijo sir Garrett—. Lo habéis hecho juntos.

—Y juntos tenemos que devolver este huevo a su nido —añadió Nella.

Justo entonces, llegó la mamá dragón.

Sir Blaine tenía miedo, pero Nella habló con la criatura.

—Lo sentimos mucho, señora dragón. No queríamos hacer caer el huevo del nido. Nos hemos esforzado mucho para salvarlo.

Al ver que el huevo estaba bien, la dragona se sintió tan aliviada que se ofreció a llevar volando a Nella, Garrett y Blaine hasta el castillo.

Cuando llegaron, Nella presentó a la señora dragón a Papá Rey y a Mamá Reina. ¡De pronto, el huevo empezó a resquebrajarse! Un adorable bebé dragón de lunares rosas salió del cascarón.

—¡Yo lo he visto primero! ¡He ganado! —gritó sir Blaine, y agarró la medalla.

Todos se lo quedaron mirando, boquiabiertos.

—Bueno..., supongo que lo hemos visto todos a la vez.

—¡O sea, que hemos ganado todos! —exclamó Nella, sujetando la otra cara de la medalla para ponerla en alto.

Incluso sir Blaine estuvo de acuerdo. Habían ganado todos porque habían trabajado en equipo.